베스트시선 제1집

숲속의 울림

신록문인회

시 동인지를 출간하며

문학은 삶의 꽃이라고 말을 합니다. 그래서 시인의 뇌는 노화되지 않고 늘 푸르다고 합니다

시인은 독자에게 감동을 주거나 공감 가는 시를 지어 복잡한 세상을 살아가는 독자의 정신세계를 맑게 카타르시스 해주고, 시 한 수로 세상을 바르게 바꾸어 보려는 마음가짐이 필요하지요

특히, 이번 동인지에는 시인들의 열정에 다양한 소재와 주제로, 회원분들의 개성이 살아 숨 쉬는 좋은 작품들이 많이 실려 있습니다. 독자 여러분의 마음속에 깊은 감흥과 울림을 주리라고 믿습니다.

이를 통해 시작 활동을 하는 우리 회원 여러분들의
일상에도 기쁨과 보람이 넘쳐나기를 소망합니다.
　독자들의 영혼을 살리는 아름다운 시로 동인지가 출간
됨에 정말 가슴 뿌듯합니다.

　감사합니다

2024. 11. 1

회장　이춘희

제3부 장독대의 꽃 | 松園 이정숙

제2절 오이도 빨간 등대

제1부 호강豪强 | 손 형

제2부 삶의 느낌표 | 舒錄 김갑숙

제3부 하늘에 그린 그림 | 蘭井 황보혜

제3절 청풍명월 하얀 풍차

제1부 한순간의 나락은 空이 되어 | 連河 박미욱

제2부 새는 길을 묻지 않는다 | 임송미

제3부 시간이 없소 | 최병희

제4절 내 삶의 메아리

제1부 산사의 기도 | 友峰 송준호

제2부 너와 나는 서로 버팀목 | 해강 김한진

제1절 백만 송이 장미

제1부 작은 둥지 　　　仙香 이춘희

仙香 이춘희

홀로 남은 마지막 꽃잎
생의 포물선
작은 둥지
봄의 서곡
보리수
부채길을 걸으며
방랑하는 바람
아카시아의 초유初乳
파도
문득 마른 그리움에

홀로 남은 마지막 꽃잎

봄은 푸른 기억을 뒤로 젖히고
길게 쓸어버린 빛에 넘실거리며
꽃비 되어 내린다.

이제는 바람 따라
하나둘 내려놓아야 하는 뒤안길에서

호수에 젖어있는 달빛마저도
봄의 가슴앓이에 절절하다

한낮 봄꿈을 꾸었을 시간은
회귀의 순응에 한 줌의 추억으로
서서히 돌아서면

홀로 남은 마지막 꽃잎은
시리도록 눈이 부셔도
텅 빈 봄의 이별인 것을

생의 포물선

감아쥔 손아귀의 날카로운 샷
초목들의 숨소리조차 삼킨 채
바람을 조각내며

초록 위를 구르는 무료 속에
허공을 뚫고 비상을 꿈꾸는 독수리
초원 위에 사뿐히 날개를 접고

태초의 날숨으로 멜로디를 내며
하얗게 바랜 햇살 먹이 사냥에 나선다.

때로는 허공에 당겨지지 않는 아쉬운 추락이
온몸을 포물선으로 조이기도 하고
산 겹겹 살쪄가는 생명력 푸르게 피워내는 그린을
치열한 초록 심장으로 달구면

허기진 갈증을 견뎌야 하는
인생 협곡 앞에서 포물선을 그리며
내 생의 진통의 시간은 오늘도 가고 있다.

작은 둥지

작은 둥지 하나에 사랑을 담고 살아왔다

평온했던 젖은 시간들 허전함 속에 갇혀
아이들의 재롱이 묻어 있는 소파에
그리움을 길게 늘어놓는다

내 심장 속 깊이 나를 초월한 아이들
나의 안쪽이고 바깥이다

꿈의 안식처에서 깔깔대며
힘차게 날갯짓하던 시간은 뛰고 뛰어
이젠 새로운 둥지를 틀었다

서로의 반사된 삶의 모퉁이
지치기도 했지만, 햇살 품은 그 시절
생의 가장 따뜻한 순간이기도 했다

희미하게 펼쳐진 묵은 시간들
둥지에서 차곡차곡 덜어낸다.

봄의 서곡

촉촉한 호흡으로 나목의
마디마디를 쓰다듬으며
영하의 시린 냉기를 흘려보내고

언뜻 기다리던 봄비의 충계가
길섶에 내려앉는다.

텅 비어버린 무채색의
겨울 흔적을 씻어버리고
한 올도 걸치지 않은
하얀 잔설을 지워가며
봄의 서곡을 울리는 실비

빗장 속 내 마음도 열어젖혀
2월의 빗물에 파문을 지우고
꽃망울을 싱그럽게 피워본다.

보리수

그의 몸짓은
햇살에 물오른 보리수

빨간 유월이
주렁주렁 익어갈 때

꽃도 새소리도
함께 익은 지난 시간들
붉은 사랑이 흘러내린다.

탱글탱글 영글어
한 움큼씩 오물거리던
그 한세월에 발을 담가본다

빨간 보리수는 은은한 음표가 되어
동심의 사랑 언저리에 머문다.

그 시절 못다 핀 꽃잎처럼
그 시간 연둣빛이
알알이 그림자로 남아있다.

부채길을 걸으며

수평선 그림자 너머
걷어지는 안개
쥐어진 자유에 얹혀
꿈꾸는 기암괴석
태초부터 그 자리를 지켰나 보다

골골이 주름 잡힌
주상절리의 이야기들
거친 해풍에 넓은 품이
얼마나 그리웠을까

가끔은 묵은 그림자를 허물며
무너지고 싶은
오랜 슬픔도 있었으리.

비경 앞에 시끄러운 언어들은
푸른 바람이 거두어 가고

울컥울컥한 울음의 파도는
먼 태곳적 전설을 실어 나르고 있다.

방랑하는 바람

강가의 굴레에 바람이 주렁주렁
날개를 흔들며 코끝을 스친다.

제 한 몸 누울 곳을 찾아다니는 바람
부드럽게 때로는 미친 듯이
허공을 파는 것은
한 생을 이어가기 위한 달음질이다

시간이 멈춘 보리밭을
푸른 음색으로 풋풋하게 빗어 내리고
어느 땐 하얀 물줄기에
슬픈 화음을 내기도 하지만

고독한 내 등줄기에
흘러내린 상처를 씻어준 것도
한 줄기 바람이었다

허공에 형체도 빛도 없는 바람
가슴으로 안고 서면
세상 속 고뇌가 내려앉는 것을

아카시아의 초유初乳

울음의 초유를 걸러낸
뿌리에 묻어둔 고향의 향기
오월의 전율이다

우아한 이름표를 달고
꽃송이마다 주렁주렁 매달린
동승했던 푸른 사연들

기억의 혼은
내 젊은 날의 싱그러움도
아카시아 잎맥에 해맑게 펄럭인다.

직립의 통증 고립된 생존
날카로운 가시에도 손을 뻗어

농익은 달콤함에 한 움큼
훑어 먹던 촉촉한 그리움
낮달처럼 야위어 간다.

파도

흔들리던 문장들이
거침없이 달려왔던 주름진 세월
그 틈 속에 잃어버린 시간들이
파도에 출렁인다.

모래로 모래 위에 남긴 고뇌의
흩어진 기억들
내 심장 소리에 조용히 출렁인다.

하루를 흘러가며 놓쳐버린 순간들
저 멀리 수평선 넘어 동반자가 되고
파도 속에 감춰진 내 작은 수틀 같은 꿈들은
어디로 흘러갔을까

쉬지 않고 달려드는 파도
흔적을 남기고 다시금 돌아갈 땐
모든 것을 지워가고
내 잃어버린 초록의 시간도 지워져 버렸다

속초해변의 파도 소리
그 교향곡에 담긴 수많은 이야기들
오늘도 끊임없이 서사를 그려나간다

문득 마른 그리움에

문득 마른 그리움에
기억들이 밀려온다.

바람도 일어나 걷기를 꼭 믿었던
야무진 꿈은 날마다
기도 속에서 넘실거렸다

보름달의 둥근 맥박을
넣어주고 싶었던 간절함

이별의 끝에서
예전의 모습을 고대했던
조급한 시간들이었다.

곁에 앉아 어머니의 손을 꼭 잡으며
행여나 차가워질세라
야윈 손 덮혀주던 고명딸

무너졌던 심장의 지난 시간들은
이젠 바람에 흩어진 기억들이지만
문득 그리움으로 다가온다.

仙香 이춘희

· 전기공학학사. 성산효대학원대학교인문학 석사
· 전 대전시청 공무원. (주)나로이엔씨 재직 중(감리)
· 시인, 수필가, 심상문학회 운영이사
· 풀잎문학상 대상 수상
· 시집《돛단배의 저편》,《바람 속에 묻은 시간들》

제2부 아버지의 손글씨 　 昭陽 양은숙

昭陽 양은숙

지우지 못한 전화번호

초등학교 1학년
여름방학 식물채집 숙제
어린 가슴에 꽂히던
소나기 소리

후줄근해진 어깨 세워준
이모의 야문 손길

하얀 얼굴에 홍조 띤 뺨
동그란 웃음 향기 맴돌던
함박꽃나무*
나의 또 다른 엄마가 되어주었다

철 이른 낙엽 산으로 되돌아가
바람과 소곤거리며
산행에 지친 이들 부르는 목소리

* 산 목련이라고도 한다.

카톡 프로필 사진이
다른 사람으로 바뀐 지 오래
지우지 못하는 전화번호

실로폰

난생처음 받은 선물
8색 무지개 건반 위에선
시냇물 졸졸 흐르고

병아리 종종걸음 봄나들이

눈물 그렁그렁 겨울나무
응달에 서 있지요

엄마 반짇고리 속 실타래
가지고 놀 때도
유리 항아리 따라 작은 별
또르르 굴러 나와요

춘천역에서

코스모스 꽃길 펼쳐진
초록 지붕 기차역
철길 끝에서

어린 딸 기다리는 세상의 파고
헤아릴 수 없어

배웅하는 어머니 눈길
담쟁이덩굴 되어
등 기어오르고

역무원이 뚫어놓은 기차표처럼
소슬바람 꿰뚫고
지나가는 마음

진 회색빛 기적 소리 울리며
뒤돌아보지 않고
떠나는 비둘기호

음악다방 예전禮殿

어스름 층계를
내려가는 동안
마중 나오던 새벽별

클래식 선율 휘감은
원두커피 향

소파에 등 기대면
고향의 물안개에
안긴 듯 아늑했다

가슴 맞대고 나누던
달콤 쌉싸름한
커피 맛 이야기들

커피를 식히며
말없이 앉아 있어도 좋았다

턴테이블 사라지며
이제는 갈 수 없는 곳

내 젊음이 그려낸
종각 뒷골목 깊숙이 덮인
풍경화 한 점

반달빗

앞마당에 고인 새벽 달빛
반달빗 들어 머리를 빗던 할머니

달빛은 흘러내리며
어깨에 얹힌 삶의 질곡을
어루만지고

기울던 어둠은
빛바랜 할아버지 사진과
장한 어머니 상장을 가려주었다

새하얀 속적삼에 능소화 드리운 듯
한 갈래 땋은 머리
어린 눈에 낯설던 뒷모습

머리를 틀어 올려 비녀를 꽂고
방바닥에 떨어진 달빛 부스러기를
한 올 한 올 주워 주머니에 담던 할머니

모과나무

구룡산 기슭 낙엽 길
노란 꽃송이 피워낸 나무
마음 뒤흔든다.

지난밤 빗줄기에 부대끼어
잎 새 다 잃고

돋아날 핏줄조차 없는
앙상한 손으로 부여잡은
연노란 모과 한 다발

휘어질 여유조차 없이
늘어뜨린 팔 사이

이별이 수의처럼 감싼 채
아침 햇살 씻어내도

마지막 힘 다해 온몸 사르며
이른 아침 낙엽 길 정원
꽃나무 되어 선다.

왕벌의 정지비행

4월의 햇살 흠뻑 젖은
나무 사이 길

멈춰선 왕벌
날개가 떨어져 나갈 듯
햇살 바다 노 젓는다.

붕 붕 붕 붕
꼬리 물며 이어지는 소리의 파동

마찰음이 파열음으로 변하고
날개가 녹아내린다 해도
그치지 않는 날갯짓

스스로 길을 내려
사색에 잠겨야 할 때

서는 것이 나아가는 것보다
더 어려운 것임을
벌이 날아간 후 알았네.

덜꿩 나무

간절함으로 빚어낸 선혈鮮血
가지 끝 매어달려
날아가는 새 부른다.

오랜만의 만찬에
겨울 숲 뒤흔드는
천진난만 웃음소리

직박구리 두 마리 삐삐 삐익
귓가에 쏟아붓는 이야기
끝이 없고

고봉밥 퍼 담느라
가지마다 찍어낸 발자국
묵묵히 참아낸다

우수수 떨어진 열매들
박명 속에서도
빛으로 찰랑인다.

아버지의 손글씨

오월의 햇살
구급차 언저리에 부딪혀
미끄러지는 응급실 가는 길

'보훈병원으로 가지…'

딸 가슴 무너져
내리는 줄도 모르고

그리신 오불꼬불한 손글씨
유언으로 남았다

가느다란 대나무 같은
손으로 놓지 못하시던
자식이라는 짐

빼내지 못한 포탄 조각
온몸 헤집어도
아프단 말 하지 못하신
아버지란 이름의 무게

저 먼 하늘가
시내 되어 흐르는
아버지의 손글씨

유리 꽃병 속 꽃

한 아름 꽃다발로 찾아와
땅에 뿌리 내리며 호흡하는 듯
화사한 얼굴로 짓는 미소

가슴에 배어든 너의 향기로
마음의 뜨락엔
꽃불 화르르 일어
차가운 바람 머물지 못하고

한 송이 꽃으로 찾아올지라도
아픔 감추고
가야 할 길 고즈넉이 가는구나.

昭陽 양은숙

· 강원도 춘천 출생, 강원대 관광경영학과
· 제일은행 근무
· 2021년 10월 심상문학회 회원
· 2023년 5월 시 전문문예지 심상 시 등단
· 2023년 7월 서초문인협회 회원

제3부 장독대의 꽃　　松園 이정숙

松園 이정숙

고추밭

한 고랑 한 고랑
수십 년 새긴 밭이랑
얼굴 가득 주름 되었다

땀방울 떨어진 자리마다
조롱조롱 매달린 고추
햇살 담아 붉게 익어가고

그 안엔 우리를 품어준
아버지의 굽은 등
어머니 굵어진 손마디 담겨있다

고추 팔고 오던 날
새 운동화에 한 마리 나비 되어
나풀거리며 춤을 추던 어린 소녀

그날의 아련한 기억 붙잡을 수 없기에
그리움 속에서
더 붉게 빛나고 있다

불청객

소리 없는 어둠 속
귓가 울리는 날카로운 모기 날갯소리

숨 막히는 한밤의 술래잡기
휘둘러도 그림자처럼 잡히지 않는
교묘한 춤사위

마침내 창문 활짝 열고
부채 파리채 선풍기
모두 나와 내쫓는다

선잠 속 이른 아침
소란스레 창문 두드리는 매미
무슨 일 있나 묻고 있다

장독대의 꽃

까맣게 잊고 있던
몇 해 전 모은 꽃씨
설마 하는 마음으로

오랫동안 비어있던
뒤란 할머니 빈 장독대에
뿌려놓았다

오랜 잠에서 깨어나
할머니와 함께한
옛이야기 피워내고

뛰놀다 다친 상처 호호 불어주고
야단맞고 울면 장독대 뒤에서
몰래 알사탕 주시던 할머니

장독대엔
어린 소녀를 감싸주시던
할머니 환한 얼굴
봉선화로 피고 있다.

망설임

장난감 가게 앞
떼쓰며 울까 말까
눈치 보는 손주

사줄까 말까
망설이는 할아버지

돌아오는 길

코스모스 위에 앉은
고추잠자리 눈 마주치자

날아갈까 말까
커다란 눈동자
이리저리 굴리고 있다

산국화

가을 숨결에
노란 손 내밀어
하늘빛 받아내고

바람에 온몸 흔들어
향기를 날리며
잔잔한 미소 짓는다

눈빛으로 주고받는 말
마음으로 부르는 노래

살며시 들여다보면
지난 일들을 이야기하며
조용히 웃고 있다

가을 편지

한 잎 두 잎 세 잎
빨갛게 물든 편지
바람이 전해준다

서둘러 받아 들고
나무들 이야기 읽는다.

한 장 두 장 살펴보며
그리운 추억에 젖어

한없이 걷고 싶은
단풍잎 내려앉은 가을 길

첫눈 오던 날

책상 위 손들고
단체로 벌 받으며
고요한 침묵만 흐르던 교실

"어! 눈 온다" 한마디
수많은 눈동자 창밖 향하고
참을 수 없는 누군가를 따라

우르르 운동장에 몰려나가
눈송이 잡으려 두 손 벌려
이리저리 뛰며 신이 났던
철없던 어린 날

첫눈 내리는 오늘
꿈들이 날아다니던 그곳으로
마음 두고 온 소녀이고 싶다

빗속에서

온 산 구름을 타고 출렁이고
빗방울 두드리는 소리
더위에 졸고 있는 나뭇잎 깨우고 있다

그 광경 보고 있는 마음
어쩌자고 아련한 그리움 속을
서성이고 있을까

저 멀리 들려오는 뻐꾸기 소리
그때서야 내가 지나온 길 보았다
얼마나 앞만 보고 살았는지

무심히 젖고 있는 망초꽃 바라보다
마음의 꽃 피기 시작했다

오늘은 혼자 있어도 외롭지 않다

봄의 손길

보슬비 스며든 봄날
마당 빛도 달라졌다

하루아침에 산을
저렇게 푸르게 바꿔 놓는
봄의 손길은 마법사다

숲을 봐
저 고운 색 자랑하고 싶어
어떻게 기다렸는지 모르겠다.

새들의 노랫소리
한층 활기를 띠고

햇살이 몸 안에 날개 품은
나비 애벌레 어루만지며

지금 어떤 기다림 속에서
무엇으로 성장하는 중이냐
묻고 있다

겨울나무

무성한 이파리
하나둘 떠난 가지 끝

바람에 흔들리며
매달린 낙엽 하나

어젯밤 찬바람에
떨쳐버리자

더 넓은 하늘을
얻어 입고 섰습니다.

松園 이정숙

· 경희대학교 대학원 중국어문학과 박사 수료
· 2022년 12월 시 전문 분예지 심상 신인상 등단
· 서예가. 통일부장관상 수상(1999년 서예)
· 한국미술협회 회원
· 서초문인협회 회원

제2절 오이도 빨간 등대

제1부 호강豪强   손 형

제2부 느낌표   舒鈺 김갑숙

제3부 하늘에 그린그림   蘭井 황보혜

제1부 호강豪强   손 형

손 형

달빛이 흐르면

나를 바라보는 달빛

달은
묻지도 않았는데
궁금하지도 않았는데
나는 고백을 시작한다

말없이
묵은 상처를 덮어줘서 감사하다고
흐르는 진물을 닦아줘서 고맙다고

달빛은 부드러운 눈빛으로
하얗게 나를 감싼다

달빛이 흐르는 밤이면
잠자던 사랑이 피어오른다

착각

너를 그리워한다
너를 잊지 못하고 있다
너를 아직 사랑한다

손끝에서 피 한 방울 흘렸을 뿐인데
넘어져 바지에 작은 구멍이 났을 뿐인데
길가에 핀 꽃 한 송이와 눈이 마주쳤을 뿐인데

너의 이름을 잊었다
너의 얼굴이 사라졌다
너의 온기가 실종되었다

너를 향한 마음이
나를 향한 그리움이었다는 것을
비를 맞고 알았다
눈을 덮고 알았다

조명

무엇이 다를까
어떻게 달라진 걸까

화려한 조명 아래
공간을 어우르는
너의 손과 발을 보며
길을 잃은 나의 눈동자

너를 만나기 위해
다니던 길이 아닌 다른 길을
끊임없이 달려온 기억이 흔들린다

새로운 너의 모습을
보고 읽고 쓰며
화려한 조명 아래에서

색안경을 벗는다
기억을 갈아입는다

백업Backup

버튼만 누르면
숫자만 입력하면
주문한 것이 나온다

말만 해도
글씨만 입력해도
하루 일이 끝난다

그런데
시프트Shift 버튼을 눌러도
그 자리 그대로 남아있는 사랑

딜리트Delete 버튼을 눌러도
사랑의 그리움은 커져만 간다

가라

백업Backup 버튼을 누르며
커튼을 걷는다

작아지는 키

하루하루 키가 작아신다
지금은
지렁이처럼 땅을 기어다닌다

빠르던 몸짓이 서툴어지고
날카롭던 판단이 흐려지고
잘 보이던 글자가 흔들린다

바라는 꿈이 남아 있는데
해야 할 일이 남아 있는데
당신이 나에게 준
사용하지 못한 쿠폰이 쌓여 있는데……

나는
오늘도 키가 작아지고 있다

시간의 흐름

바람이 불면 마음을 닫고
날씨가 흐리면 마음도 흐려진다

단추를 끼우고
우산을 준비하고
외투를 챙겨 들고

바람이 부는 대로
날씨가 가는 대로
마음의 셔터를 누른다

호강豪强

무엇을 더 바랄까
빈손으로 왔다는데
알몸으로 왔다는데

아쉬운 마음이
붙잡고 싶은 마음이
쌓여가지만

봄이면
활짝 핀 꽃에 취해

여름에는
초록에 몸을 담그고

가을에는
단풍으로 옷을 갈아입고

겨울에는
눈 위를 뒹굴며 흥에 겨워 노래 부른다

마음의 짐

산을 따라 올라라
산처럼 높아야 한다
물을 따라 흘러라
물처럼 깊어야 한다

그래야 세상이 바로 보인다

귓전을 맴도는 마음의 짐

어깨에 이고
산에 던진다
물에 뿌린다

꽃향기에 취해

끝이 보이지 않는다고
머리를 비워내는 나그네

분명히 일어서서
가야 하는 것을 알면서도
일어서는 것조차 잊어버린 것처럼
멍하니 먼 산만 바라본다

뒤로 숨어드는 구름의 그림자를
급히 삼키다 딸꾹질하는
나그네 등을 토닥여 주는 석양

꽃향기에 취한 초원
나그네 손을 잡고
내일을 약속하며
길게 하늘을 수놓는다

수채화

비가 오면
눈이 오면

허물어져 깨지고
성형하면 할수록
내 모습은
점점 더 투명해져 가지만

이쁘게
우아하게
종이 위에 나를 그린다

손 형

· 서울 출생. 한림대 대학원 생사학 석사
· 한국문인협회 70년사 편찬위원회
· 국제PEN한국본부 회원
· 2015년 시 전문문예지 심상 신인상 수상
· 심상문학회 이사
· 저서: 시《삶의 계단》, 소설《그녀 이름은 엘리스》

제2부 삶의 느낌표 　舒錄 김갑숙

舒錄 김갑숙

플라타너스 나무
삶의 느낌표
시월 어느 날
반달
옮겨 심는 모종
아가 같은 엄마
대숲 소리
내 마음 아카시아꽃
낡은 신발
그리운 할머니

플라타너스 나무

넓은 잎 사이사이 바람이 흔들어
길 도화지에
그림을 그리는 플라타너스

한여름 매미 소리 시끄러운 소음들
일상으로 견뎌내고
영혼의 뿌리 흔들림 없이
꿋꿋이 서 있다

어느 날 가지치기로 잘려
길바닥에 수북이 쌓인
푸른 이파리들의 눈물이
달빛에 반짝인다.

새살이 돋으려면
뼛속까지 아린 삶
가던 길을 멈추고
뒤돌아본다.

삶의 느낌표

누가 같이 놀아주지 않아도
혼자서 노래하며 집을 지키는
우리 집 벽시계

이사를 올 때도 같이 와주고
말없이 가다가 힘이 들면
쉬어가려고 애쓰지만

조금만 토닥이면
또다시 가던 길을 쉴 새 없이 간다.

어느 날 너를 외면하다가
당황할 때도 있었지

늘 변치 않고 한결같이
때론 빠르고 때론 느리고

너가 달라진 것이 아니라
내 마음의 변덕이구나.

시월 어느 날

비바람 번개를 먹은 나뭇잎이
이리저리 떨어지다가
빨간 단풍잎 하나가 손등에 앉았다

예쁘게 물들었지만
사연 담은 애절함이
몇 군데 뚫어져 있었다.

눈물방울이 단풍잎에 떨어졌다
까치들이 마음을 훔쳐본 듯
재잘거렸다

뼛속까지 한기가 들었지만
다시 산길을 올랐다

옆으로 고개를 돌려보는 순간
다람쥐 두 마리 마실 나왔다

도리도리 잽싸게
잘 여문 밤 한 톨 물고
고개를 까딱이며 쳐다보다가
흙 속에 숨겼다

아름다운 가을 산
시월 어느 날

반달

희미한 반쪽은
누구의 마음 같다

날이 지나면 차츰 보여서
완벽한 원이 될 때까지는
기다림이 보태어진다

어둠을 뚫고 비춰지는
반그림자

온달이 빛나는 것은
가려진 반쪽이 있었기에
더욱 아름답다

옮겨 심는 모종

가녀린 연초록
자라던 곳 떠나는 마음
시집가는 새색시 마냥
수줍음 머금고 이양되네

잡초 날까 비닐 씌운 밭고랑
구멍 뚫어 물주고
흙으로 다독이며
잘 자라라 읊조리네.

새들 노랫소리에 키가 크고
우산 없이 비 맞으며
바람이 흔들어도
뿌리 깊이 내리네.

지나가는 하루하루를 머리에 이고
추수할 날 기다리며
달력을 넘기네.

아가 같은 엄마

나 어릴 때 세상을 다 안은 듯
꽃분홍색 치맛자락 사정없이 감아쥐고
바다보다 더 넓은 울타리였지만

무심한 세월이 다 뺏어가고
노병만 남은 아가 같은 엄마

음식도 아가같이 입안에 오물오물
잘한다 칭찬하면 해바라기꽃이다가
뭣이 언짢으면 새초롬히 토라진다.

쌔근쌔근 곤한 잠에 무슨 꿈을 꾸는지
두 살배기 천사같이 미소 짓는 엄마 모습

그리운 엄마 품 언제까지 같이할지
살아생전 내 이름 끝까지 기억하길

오늘도 전화기에
엄마를 누른다.

대숲 소리

뒤안길 가득
대숲이 바람에 흔들린다.

쓱쓱 삭삭 댓잎 부딪치는 소리
휘청거려도 부러지지 않는
속 빈 뼈아픈 사연들

때로는 흙을 핥는
세찬 바람이 지나가고 나면
소곤거리며 말을 건넨다.

누구 흉을 보는 건지
칭찬을 하는 건지

마실 나온 참새 몇 마리
재잘재잘 통역을 한다.

내 마음 아카시아꽃

구름언덕 하얀 꽃
보고 싶은 친구 꽃잎에 물어본다

하얀 마음 등굣길
하얀 꽃, 아카시아

꽃 속에 숨었다 얼굴 내민 꿀벌
한쪽 눈 찡긋 반갑게 인사하네

눈 부신 햇살이 꽃잎에 앉으려다
아카시아 향에 취해 비틀거리는 한낮

산허리 굽어진 꼬부랑 밭둑길
아카시아 꽃노래 흥겨운 발걸음

바람이 꽃잎 하나
머리 위에 얹어준다.

낡은 신발

낡은 신발 세 켤레
옥상 바닥에 나란히 앉아있다

해가 뜨면 꿀벌이 쉬었다 가고
참새는 잠시 앉았다 가고
까치는 콕콕 쫓다가 신어보고 간다.

한여름 폭염에도 잘 견뎌내고
밤에는 별과 숨바꼭질한다

바람이 세차게 부는 날엔
탱고 춤을 추는 우리 집 옥상
낡은 신발 세 켤레

뜨겁거나 차가운 날씨 마다하지 않고
말없이 주인을 기다리고 있다

그리운 할머니

솜털같이 부드럽고
들꽃처럼 예쁘던 할머니
언제나 옆에서 내 편이 되었다

사금파리 수숫대로 소꿉놀이하던 날
할머니 미소는 해를 닮았다

동생들과 아옹다옹 아버지 꾸중하시면
할머니 한복 치맛자락은
캥거루 자루가 된다.

자취하던 학창 시절
손에 쥐여준 꼬깃꼬깃한 쌈짓돈
밥 굶지 말라 하시던 사탕 같은 할머니

모시 한복 곱게 차려입은
믿고 의지하던 할머니가
눈 속에 멈추고 울타리가 없어진 날

대청마루 붙잡고 흘리던 눈물
앞산 너머 뻐꾸기도 구슬프게 울었다

하늘이 맑고 청보리 피는 오월이면
따뜻한 할머니가 내 마음에 일렁인다.

舒錄 김갑숙

· 시 전문문예지 심상 시 등단
· 종합문예지 문학秀 수필 등단
· 한국문인협회 회원
· 서초문인협회 회원

제3부 하늘에 그린 그림 蘭井 황보혜

蘭井 황보혜

참나리꽃

한여름에 섬이나 산이나 들이나
길을 걷다 보면

가는 곳마다 군데군데 피어있는
한 명의 여왕과 여섯 명의 파수꾼이
지키고 있는
점박이 주황색 얼굴에 초록색 잎
고아한 자태

무더위에 지쳐 다리 무거운 나그네
가이없이 반겨주면
꽃을 얼굴로 당겨 더위를 잠시 잊는다.

금세 생기 얻어 가뿐해진 몸
날듯이 가비얍게 걸어간다.

매화꽃 향기

자꾸만 미끄러지는 빙판의 겨울을
매섭게 달려온 사람에게

제일 먼저 봄 선물로 실어다 주는
바다도 어는 계절을 이겨낸 만큼
어느 꽃보다 그윽한 향기
자욱한 골짜기

머리 아픈 현실을 잠시 잊고
아득한 전생이었을 듯한 우아한 추억
구름 같은 소망을 품고 사뿐사뿐 걸어보아요

숲속 매화꽃 향기 스치는 바람에
전생에 선녀였던 냥 무릉도원 생각나
고달픈 이승 잠시 잊어보아요

천둥과 번개

호랑이 우는 소리
무슨 원한 있어 그렇게 울부짖나
지구에 번쩍번쩍 섬광 빛을 쏘고
으르렁거린다

전쟁하듯 밤이 새도록
사람들이 무서워 잠잠히 될 때까지
숨죽이며 기다린다.

태곳적부터 시작해서 아직도 끝나지 않는 전쟁
지구에서 하루도 싸움하지 않는 날이 없다.

오늘도 마른하늘에 지구 어디에선 가에서는
매일 천둥소리를 내고 번개를 번쩍인다.

당하는 것은 선량한 백성들 뿐
하늘도 노한다.

하루도 조용할 날 없는 자식들
따끔히 놀래주기 위해
우르르 쿵쾅 번쩍번쩍
천둥소리를 내고 섬광을 쪼인다.

뫼비우스의 띠

매화꽃 진자리
꽃받침마다 알알이 맺힌 매실 방울
앙증맞은 꽃망울만큼이나
촘촘히 박혀 있는 보석

고혹적인 매화꽃은
푸릇푸릇 건강하고 탐스러운 매실을 맺어
벌레 달려들기 전에 열매 익는
청초한 과실

꽃이 피었나 싶으면 지고
열매 맺었나 싶으면 떨어지고
놀라울 만큼 빠른 자연의 섭리
살짝 비틀려 돌고 도는 순환의 고리

* 뫼비우스의 띠 (Möbius—)
〔수〕〔독일의 뫼비우스가 창안한 데서 유래됨〕기다란 직사각형
종이를 한 번 비틀어 양쪽 끝을 맞붙여서 이루어지는 도형《면의 안
팎 구분이 없는 것이 특징임》.

다대포 낙조

부산 서쪽 끝 다대포 바다
황금빛으로 물들기 시작하면

어디선가 숨어 있던 철새들이
여기저기서 모여들어 무리 지어
갈매기 모양 이루며 석양 속으로 날아간다.

돌아왔나 싶으면 다시 날아가
멍하니 보고 있으면

다시 날아와 바닷모래 속 모이를 찾다가
위로하듯 춤을 추며 날아간다.

바닷속으로 들어간 숨은 해를 쫓아
나도 새를 따라 날아가 본다.
못다 이룬 꿈을 따라 하염없이
나도 새 인양 날아간다.

시절의 연인

매화 휘날려 벚꽃들 다 지나가고
벌 나비 울어대는 산골 마당에
밭에 오이꽃 한마당 솟아올랐다

처음엔 나비가 너울너울 날아와서
입 맞추더니

며칠 지나 소낙비 불고
바람이 벌을 물고 와
꽃대롱 속으로 몇 날 며칠 부지런히
들락거리며 노닐더니

비바람 불어 천둥 번개도 지나
잠자리가 날아와 살포시 날개 들고 앉는다.

노란 호박꽃보다 작지만 닮은 오이꽃
한여름 무더위에 시원한 오이
처음엔 벌 나비 많이 윙윙댔지만
지금 잠자리만 윙윙댄다

모든 과일 다 떠나도 오이 노각 될 때까지
잠자리는 떠나지 않고 꽃밭을 지킨다.

부산 송도해수욕장

남포동 국제시장에서 약간 떨어진
믿어지지 않게 시내 가까이 있는 바다

그것도 모래사장이 사람들
가까이에 있는 해수욕장

몇 년 전 서울 친구들이 내려와서 같이
발아래 물고기도 보이는
바닥 유리 해상케이블카를 타서
바다 위를 날기도 하고

동쪽 끝 거북섬까지 구불구불 연결된
바다 위를 둥둥
구름산책로 스카이워크를 걸으며

시퍼런 맑은 바다 위 신선이라도 된 양
구름 위를 걷는 기분으로 하루 동안
마냥 둥둥 웃으며
세파에 찌들인 시름을 하늘에 날려 보냈다.

비 오는 날의 라벤더 여행

무릉별 유천지 계곡이
나를 부른다.

라벤더꽃이 피어있는 들
빗물을 머금은 보랏빛 미소
햇살 대신 운무가 피어나는 산

도심에 찌든 몸
보슬보슬 내리는 보슬비로
솜이불같이 적시며

보라 꽃밭에 그림 그린 색 색깔의 우산들
라벤더를 씌워주고

꽃밭 옆 호수
보랏빛 내음을 머금은 배

물살을 경쾌히 가르며
쏜살같이 하염없이 가고 싶다.

하늘에 그린 그림

어버이날이라 두근거리며 산 선물
드리려고 친정집에 갈 생각이었는데
벌써 어머니가 귀천하신 걸 잊고 있었다.
선물이 갈 곳을 잃었다

갑자기 손이 공허해지고 부끄럽고
엄마가 있는 사람들이 그렇게 부러워진다.

아버지 사업 부침으로 인해 어려움에
아무리 처했어도 늘 의연하셨던 어머니
남들은 호랑이라 무서워 함부로 말도 못 붙였지만

내가 학교 갔다 오면
상이한 성적표에 연연하지 말라 하시던 어머니

서예 방학 숙제를 못 해서 끙끙거릴 때는
보다 못해 대신 써주셨던 어머니

엄마의 속 눈물을
너무 많이 뽑았을 순탄치 않은 삶

잡으러 잡으려 해도 잡히지 않는 어머니 얼굴
멍한 하늘에 구름으로 그려본다.

도라지꽃

별 모양 닮은 보라색 도라지꽃
밭에도 화단에도 피었다

흐르는 생각 보라색별에 모인다.
모두 우러러보는 밤하늘에 빛나는 별
보라별 비슷하게 닮아있다

우리는 보라색 꽃별을 먹기도 한다.
그래서인지 돌아가서
더러는 하늘의 별이 되기도 한다.

보라색별 꽃 화전 먹고
별이 된 양
하늘 둥둥 떠오른다.

蘭井 황보혜
· 약학과 졸업 공무원 제약회사 근무
· 2023. 12. 시 전문문예지 심상 신인상 등단

제3절 청풍명월 하얀 풍차

제1부 한순간의 나락은 窘이 되어

連河 박미욱

連河 박미욱

한순간의 나락은 窘이 되어
용의 발자국
햇빛이 통곡할 땐
추억을 지우다가
그럼에도 불구하고
아침이 크다
응봉산 노래
동백꽃 우정
지리산의 적막
비 오는 날의 일주문

한순간의 나락은 空이 되어

아름다움에 화음이 겹친 바람이 분다.
가을 단풍이 산과 들 꾸미는
그림의 어울림은 잘 그린 수채화

봄여름 가을 차곡하게 모듬한 계절에
노후 된 차가움이 시리게 밀려드는
공간의 겨울

모든 것이 무너지는 순간의 이어짐이
연결된 고리인가

피어남의 화려함도
기다림의 잊힘도
한순간 생멸의 나락으로 떨어지는
철학의 계절

모든 것이 空이라 두루 말하겠지만
그것으로 공간을 만든다.

몸 떠난 무아 있을 곳 없는
멈춘 자리가 너무 커서

우주의 나락은
나
그 자체의 있음이라

용의 발자국

멈추어서 내면의 의식으로
바라보고 있어도

흔적은 남지 않아
차라리 기억으로 꿈을 꾼다.

희로애락이 길었던 과거
찰나처럼 화살은
미래를 향해 날아갔다

그때의 미래에 지금 와보니
기억만 떠올라 아무것도 없다

내면에서 바라보는
반대편 과거 현재 미래는
우뚝 선 고목나무

에고에 갇힌 공간 이상에 묶여서
어디로 가는지도 모른 채
여기까지 돌고 돌아왔다

그것을 알지 못하고
소멸되어 가는 황혼의 붉은 구름
검은 비 되어 내리고

흰 구름 돌아와
흔적을 보아도

그 있음을
알아차리지 못하는
무의식의 세계
용의 발자국을 보았으리라

햇빛이 통곡할 땐

일제 치하 역사의 블랙홀
그 세상 지옥 바라보며
햇빛이 통곡할 땐
여우비가 내렸나 보다

돌고 돌아 외치는
광복의 회오리에
묶인 가슴

땅 위에 퍼지는 짙은 노을
숨죽인 고통의 씨앗은
하늘을 날고

재갈 물었던 입술
밤처럼 깜깜했다
숨겼던 발산의 기쁨
노을에 반사된
눈물의 만세 소리

태양은 태양 같은 백성을
바라보며
기쁨의 눈물로 잠깐의
여우비 쏟아 내린다.

추억을 지우다가

절뚝거리며 지나온 길
흔적도 깊지만

평면의 거울은 이미 기울어
본래대로 돌아가지 못하는
후회의 눈물이 밤하늘 저녁
이슬로 반짝인다.

묶인 줄 몰라서
벗어나지 못하고

육신의 편안한 셀프 감옥의
꿀맛에 빠져 늘어버린 세월은
돌아오지 않는 화살인 줄 몰랐다

의미 없는 욕심으로
소진된 시간들이 후회되어
다 내려놓고

가벼운 보상 받으려 해도
그 시절로 돌아가지 못할
혼자만의 그림

값진 인생 마이너스 팔자라는
운명의 괴리에

큰 불행 극복한 삶의 해답은
빈손으로 왔다가 돌아간다는 것

아름답고 찬란한 지혜로움
그것은 삶이 되었다

그럼에도 불구하고

오죽했으면 무의식중
하얀 책장 한 페이지
종이처럼 지나가듯

지나간 시간들이
한 장씩 한 장씩 넘어간다.

그 무엇 무엇들일까
기억하고 싶지 않지만
떠오르는 기억의 생각이
常이 되어
뚜렷하게 현실에 비집고
들어서
길이 되어 울퉁불퉁 거린다.

폭발하지 못한 누르고 있는
많은 생각이 뭉쳐

부드러운 몸이
어느새 꽂게 껍데기처럼
딱딱하게 자리 잡은
피의 흐름이 멈춘
고혈압이 되었을까

내려놓고 내려놓아
비우고 비웠는데

그럼에도 불구하고
내 생각 앞에
서 있는 분노로서
화를 삭이며 머물러있다.

아침이 크다

아침에 나와 하늘 보니
햇빛이 눈부십니다.

공기 맑은 파란 하늘
흰 구름이 높이 피어
아침이슬 걷히는 연둣빛 오로라 들판

연두 발광체로 발하는 그곳에
그대가 있었습니다.

따뜻하며 시원한 바람은
속속들이 파고듭니다.

나를 반기는 들판에 나오니
나처럼 행복해야 할 누군가
생각납니다.

긴 장마 끝난 아침
까치는 햇빛 화살 물어 나른다.

샛바람 처서에 여름이 녹아내리고
숨 꺾인 가을 풀 울타리 밑이 훤하다

나무숲 열어 고양이 아침 산책
햇살 베고 누워서
까치는 한 소식 하였는가

부처 바람 한 조각에
참선하는 새 생명
아침의 현상

맘에 못 담아
찰나 찰나 놓친 여름
금강경 속의 번개처럼 지나간다.

오늘 하루가 주는 선물
새는 허공에 큰 줄 긋고
해는 아침 숲을 크게 들이마시고

응봉산 노래

한강 길 따라
경의선 지나면
응봉산

흐드러진 개나리꽃
봄이 감아 오른다.

찬바람 꼬리 물고
뒤따라온 봄바람

한강 물결 춤출 때
진달래 소식
각종 꽃들 피어나고

사르르 사르르
하얀 구름 내려와
오색구름 부르는 꽃바람

응봉산 천년바위
봄의 여심 되었다.

동백꽃 우정

남쪽 섬 지심도 찾은 날
고향의 묵은 인연
꽃잎 날리며 반긴다.

회색 겨울 보내고
아픈 인내로 따뜻함 꽃 피우며
은색 햇빛 바라보는 바다 안개

폭풍 추위 견디며
찬바람 삭히는 의로운 정열
우정으로 미소 지으며

검푸른 잎 붉은 꽃
월계관 쓰고
입춘보다 앞선 그녀는
봄이 되어 달려온다.

지리산의 적막

뿌연 적막이 운주선원 도량
문고리 잡아 흔든다.
열어보니 세찬 빗물에
다 내려보내고 새벽을 깨운다.

소유의 집착마저 소멸시켜
심지 긴 염원을 모아온 숲속에
꽂힌 깨달음은
염불자락에 생명이 다시 살아난다.

비의 키가 길어서 나뭇잎에 부딪히는
자연 소음의 백색
아름다운 관세음보살
무소유의 숲이 되었다.

비 오는 날의 일주문

회오리 소낙비에
지리산 일주문은
멀리서 다가온 음양의 시간이
여래 되어

계곡의 알몸 바위 씻겨 내리는
시냇물 소리는 그 무엇이
두 번째 참인가
실상을 알려준다.

빗줄기는 숲의 간절한 생명
녹색 환상 펼치고
천년 기도 바위 가부좌한 명상으로
영원을 발원한다

連河 박미욱

· 경남 거제 출생. 전 수석식품 대표
· 의상디자이너, 불교 신자, 전업 가정주부
· 시 전문문예지 심상 등단
· 심상문학회 회원

제2부 새는 길을 묻지 않는다   임송미

임송미

사시 斜視

사람들이 나를 보며 사시라고 한다.
거울 앞에서 자세히 본다.
보고 또 봐도 사시는 아니다

갈바람에 은발 날리며 산길 걷다가
옹달샘 곁에 앉았다.

물 한 모금 마시려
쪽박 손에 들고 고개 숙이니
맑은 물에 비친 내 눈
흰자위 가득한 사시구나.

풍진 세상 줄 맞추어
눈치 봐가며 살다 보니

필요에 따라 사시도 되고 아기 눈도 되는
요망한 손거울
깊은 주머니 속에 감추고 살았구나.

새는 길을 묻지 않는다

이른 아침 새들이 빨랫줄에 나란히 앉아
정겹게 조잘조잘
하양 빨강 노랑
크기 모습 다른 예쁜 새들입니다.

해님 높이 오르니
빨간 새는 숲으로 날아갔고
흰 새는 물이 좋다며 바다로
노란 새는 강가로 날아갔습니다.

새는 길을 묻지 않습니다.
뒤돌아보지 않습니다.

흰 새는 흰색 길로
노란 새는 노랑색 길로
빨간 새는 빨강색 길로

저마다의 빛깔 반짝이며
꿈을 향해 하늘 높이 날아갔습니다.

토비를 보내 놓고

수많은 인파 헤치고 내게 달려와
부모 자식 연이 된 나의 아가야

너를 품에 안으면 네 심장 뛰는 소리
내 심장 뛰는 소리에
우린 마냥 행복했었다

그윽한 눈 맞춤 충만한 평화
우린 진정 영혼의 반려였다

천 리 먼 길 너를 떠나보낸 그 날부터
초롱한 너의 눈빛 어딜 가도 어른거려
창밖엔 겨울비가 네 눈물로 흐른다.

산책하러 가면 깡충대며 장난치는 것도 좋아하고

외출했다 집에 오면 온 집안 방방 뛰며
돌고 도는 격한 환영식
십 년 세월 한결같은 너의 사랑

어느 만큼 시간 흘러야 널 잊을 수 있을까
내일 아침 푸른 하늘 흰 구름 뜨거들랑

너 좋아하는 소시지 구름 위에
듬뿍 실어 보내 주고 싶다

후회

두 다리 없는 청년이 길에 앉아
양재기를 내민다.

천 원 한 장 만지작거리다가
오백 원짜리 동전 한 개
멀리 서서 던져줬다

고맙다며 허리 굽혀
비에 젖은 땅에 이마를 댄다.

아!
세속에 절어버린 손가락이
동전 한 닢으로
쓸쓸한 영혼을 우롱했구나.

부부

풋풋한 시절에 낯선 사람으로 만나
눈빛이 마주쳐 부부가 됐다.

아내는 남편의 눈빛이 차가워지면
말없이 뒤뜰로 가서
꽃나무 두 송이 심어 정성으로 키웠다.

더위에 지쳐가는 여름날
활짝 핀 꽃송이 해맑게 웃고 있다.

남편은 아내의 발걸음 소리가 멀어져 가면
작은 나무 한 그루 앞뜰에 심었다

삭막한 겨울날 앙상한 나뭇가지에
설화가 만발하여 반짝거린다.

둘이서 마주 보는 그윽한 눈빛
마주 잡은 손에 온기가 흐른다.

사랑둥이

둥개둥개 우리 애기
귀염둥이 내 아가야

연분홍 고운 잇몸
방실방실 끝이 없네.

눈 맞추고 까꿍 하면 까르르
고달픈 세상살이 어미 시름 다 녹인다.

까꿍은 천상의 언어
전 세계 애기들이 다 알아듣지

은하수 은빛 나라 천국별에서
신께서 내게 너를 보내셨구나.

흑수정 눈동자엔 사랑의 말 가득하고
함박웃음 너를 보며
꽃도 새도 웃는구나.

청아한 웃음소리 봄 들녘에 잦아들면
수줍던 꽃봉오리 마구 터져 고개 들고
큰 산 뒤에 쉬고 있던 무지개
두둥실 오른다네.

너의 꿈 너의 소망 이룰 수만 있다면
눈 덮인 태산인들 맨발로 못 넘으랴

천지에 요렇게 어여쁜 게 너 말고 또 있을까
내가 왜 살아야 하는지 네가 가르쳐 주었네
고맙구나 아가야 내게 와줘서

구절초 꽃피는 계절이 오면

구절초 꽃피어 하늘거리면
잠잠하던 가슴앓이가 시작된다.

시집보낸 딸자식
삼 년 넘도록 애기 없음을
늘 근심하시던 엄마

굽은 등에 망태 메고 험한 산 오르신다.
해가 지도록 구절초 캐어
가마솥 가득 넣어 오랜 시간 불 때시어
졸여서 환으로 빚으셨다

한 보따리 주시며 하시는 말씀
이 약에 네게는 생명이다

두 아들 장성하여 집 떠난 빈 둥지에서
소식 뜸한 자식들 생각에 서러움이 밀려온다.

빛바랜 사진 꺼내 보며
사무친 그 이름 불러본다

살아생전 한 번도 못해 본 말
엄마 죄송해요. 고마워요 사랑합니다.

약속

툇마루에
일곱 살 손녀와 팔순 할머니
나란히 앉았다

할머니 저 대학 졸업식에
꼭 오세요.

내가 그때까지 사나

오실 수 있어요

제가 공부 열심히 해서
영원히 사는 약 만들어드릴게요

그렇게 아가야

할머니와 손녀는
새끼손가락 걸고 흔든다.

신부 수업

혼례 날짜 잡아 놓은 딸 걱정되어
엄마가 딸에게 어른 되는 법 가르친다.
마주 앉은 모녀 긴 이별의 장벽에
눈시울 촉촉이 젖어 들고

시부모님 앞에서는 두 손 모으고
눈높이 얌전히 할 것이며
시누이 시동생 친절히 대해 주되
위엄 갖추어 말 실수하지 마라

더 중요한 건 주저주저하시며
홍조 띤 얼굴로 하시는 말씀

네 남편 대할 적에
낮에는 남 본 듯이 차갑게 대하고
밤에는 님 본 듯이 반갑게 맞이해라
친정 생각하지 말고 늘 부지런해라

그 말씀 가슴에 새기겠습니다
제가 없더라도
부디 건강하시길

시간의 줄기

사무치는 그리움이 증오로
증오가 연민으로

연민은 무관심으로
무관심은 허공으로 변했고

허공은 자유가 되었다.
자유는 사랑이라는 씨앗을
내게 주었다.

임송미

· 시 전문문예지 심상 등단
· 서초문인협회 회원
· 심상문학회 회원

제3부 시간이 없소   최병희

최 병 희

시간이 없소

비 오는 날
커피 한 잔에
마음이 다 비어지는데

노을 진 하늘에
땅거미 드리운 듯
막막한 어둠이었지

성경 묵상에 앙칼졌던 미련함
'시간이 없소'
고뇌의 아픔은 좌우명이 되어

세월은 파노라마 되고
풀잎에 떨어진 눈물은
베네치아로 흐르는 강물이 되어

하늘의 소리에 귀 기울이며
내가 희망하는 삶을 찾아
심장에 노를 젓다.

터널

직진
빗줄기 찾아와도 거침없이 달린다.
무엇에 이끌리어 달리는 것인가

중생대의 빽빽한 천연림
아득한 옛날 습곡산맥 전경

인간의 원죄 화석에 박힌 채
암흑과 바꿔 버렸다

사활死活의 세계
물리적 헤드라이트와 직진
삶의 전부다

터널 속 작은 이슬이 있고
가엾은 자아가
비어있는 공간에 욕심이 가득하다

헤드라이트와 직진
오직 살아남으려고 달린다.

박주가리

3월이다
아직 겨울이 걷히지 않은
차가운 바람 스치는 들녘

나무에 매달려 있는 박주가리
달걀 세운 듯 꼬투리 안에
명주실 은빛 날개 단 요정들

홀씨 되어
버스가 지나는 넓은 길을 지나고
강을 지나 바다를 건너

약한 바람 강한 바람
새 세상 찾아 제각각
지구의 겉면이면 어디든
따스한 땅속 내음에 봄꿈 꾼다.

비 맞고 햇빛 받아 뿌리 내리고
거센 비바람 감싸준 지주支柱에
반짝이는 초롱꽃 줄 잇고

울타리 담장엔 씨앗 여물고
덩굴 벋어 껴안는 박주가리
어둠 비춰 줄 꿈이 자란다.

마주 보는 잎 새에 사랑 싹트면
나물 주고 약 주고 뿌리까지 치료사
나눔의 향연 펼친다.
마치 박주가리가 우리들 같다

여행

하늘도 땅도 달라 보이는
날아갈 듯, 한마음에
가슴이 뛴다.

오감을 느껴 보고 싶은 간절한 마음
모든 것을 새롭게 관찰하고 싶다

구름이 떠가는 이유를
시야에 스치는 농부의 가슴을

산새의 우거진 푸르른 희망을
파도의 우렁찬 불협화음을

찬란한 보석 상자에
자연의 하루를 담아 보고 싶다

나를 가만히 들여다보며
친구의 인생 이야기를

걸음을 늦추면
한결 아름다운 삶을

사물의 아름다운 풍경의 시각 예술품들
맛봉오리 혀에 맺힌 미각 예술품들
이날 하루를 품어본다

공원은 아픈 얼굴

가지만 앙상한데 산책자들 거리두기

칼바람은
보행자들 외투마저 거침없이 휘젓고
움츠린 사지가 이리저리 날린다.

우뚝 선 장승도
악마의 힘을 견뎌내기 힘이 들고
멍청히 눈만 부릅뜬 채
기력마저 쇠해졌다

가랑잎만 웅성웅성
설음 소리에 쫑긋해진 귀들은
방향을 돌린다.

지쳐 울던 가랑잎
발 병난 발등의 온기를 가린다.
두툼한 외투가 날쌘 손길로 떨어낸다.

어쩌나
저 가랑잎에 온기를

공원은
아픈 얼굴로 창백하다

에고ego의 불황기에

어쩌다
찌든 도시 생활에
호황기가 있으면

불황기는
골수까지 파고드는 흥분과 우울
이렇게 됐지

모든 존재가 부풀어 오르고
고요한 비통이 온몸에 퍼져
명의를 찾아 헤매다 케이블 되어
기대치는 바닥에 던져진다.

천지창조에 버금가는 휘황한 조명 아래
별빛보다 네온사인으로 질주하는 애벌레들
귀뚤귀뚤 헤매던 양옆에 늘어선 소나무들
상수리나무들은 축제 이브에
정지되어

금화 빛 은행잎으로 융단을 깔아주고
들판에 황금빛 몰고 온 마사니들
까마득히 잊고 산 그들과의 만남도

갈바람은
에고ego의 불황기에 새벽을 깨운다.

백지수표

나는 울었다
답답했다
마음이 쓰리고 아파진다

하얀 교실에
많은 감정들이 옮겨져
떨려온다

까만 분필로 선을 찍어본다
무한정 선으로 새겨 볼 텐데

가상선Imaginary Line은
자꾸만 밀려나 있다

아무렇게나 그려보면 안 되겠지
접어둔 시간들이 있는데
다 써 버릴까

친구와의 줄넘기
공놀이 술래잡기
모래사장 다대포도 쓰자

시간들이 뒤엉켜
아무럼은 어때
희미한 기억들 그려보자

평생을 쓰자
백지수표인데,

한강의 아침

예쁜 이슬
상쾌한 한강의 기상

만 보 걷기
약속이나 한 듯이 조깅슈트에 휴대폰
경쾌한 모습들이다

산책길 따라 알록달록 옷깃들
푸른 물결 펼쳐진 푸른 마음들

화려한 모습들 위 새 빛 섬 둥둥
우아하고 고급스런 가 빛 섬
파릇파릇 새싹 품어 하늘빛에 새기면
유채꽃들 향연에 반짝이는 눈동자

어깨 너머
화려한 즐거움이 넘쳐나는 채 빛 섬
반포대교 하이킹들 멈추고

달빛 무지개 분수
즐거움이 쏟아지는 한강의 르네상스
서래섬 억새밭 갈대들
가을을 기다리고

웅장한 멋스러운 솔 빛 섬
흥겨운 노래 재주 뽐내
건강을 찾는 만 보 걷기
서울의 심장이 춤춘다.

내 삶의 (괜찮아)

시골 하늘이
보랏빛 햇살에 눈 부시다

나 홀로 사모한 꽃피는 동네
안달 나게 하룻길 숨 몰아온 길

부모님 따라 내 모습 하얀 꽃가루
탱자나무 울타리가
울적해 하며 반긴다.

작년 이맘때
넓적한 가슴 메아리쳐 오던 5월

꼬옥 손잡아
아쉬움의 온기를 쥐어주며
아랫목 방석이 되어주며

나락 떨 때 내려와라
뚝방길 따라 한 해를 그리던 그이

산초 따라 골 겹겹에도
쉬어가도 괜찮아
폭포 소리 가슴 졸인다.

무궁화에 숨은 사연

날 낳아 주신
엄마 생각날 때
무궁화 피었네.

연분홍 하얀 저고리 빨강 치마
엄마 지어준 무궁화였네

시니브로 피어나는
화사한 매무새

아빠 섬세한 성품이었네

깊은 곳 숙연함은
내 삶 속에 간직한
마음이었어라

최병희

· 부산 출생. 한국방송통신대학 국어국문학과 졸업
· 중앙대 예술대학원 문예창작전문가 과정 수료
· 〈사(새)한국문인〉 수필 (2017), 〈열린 시학〉 동시 11회 신인작품상(2021)
· 〈심상문학회〉 시 등단(2024상반기) 〈시집〉 에고는 어디로 갔나
· 한국문인협회 회원. 서초문인협회 이사. 계간〈현대수필〉 이사
· E-mail:hie100698@naver.com

제4절 내 삶의 메아리

제1부 산사의 기도　　　友峰 송준호

友峰 송 준 호

우체통

스치는 가을바람에 쌓인
그리움의 무게
못 견디고 떨어진

홍 단풍 이파리
하나 주워
끼워 넣은 책갈피 속

설레는 가슴 고동치는 소리 들으며
몇 자 적어
띄워 보냈던 기찻길 옆

빠 알 간 우체통
지금은 사라진 그 자리
추억만 남아

산사의 기도

달빛이 앞세운 찬바람에
화려했던 단풍잎 부서진
산사山寺에

염불 소리
선잠에 취한
새벽을 깨우고

간밤에 쌓인 눈
속세의 죄罪 씻어낸 듯
산야山野는 온통 하얀데

탑을 돌아 산으로 향한
산 토끼 발자국은
생명 길 인도 하려는지

참선懺禪 중인 선방仙房 수행자
양쪽 볼에는 회심悔心의 눈물이
주 루 룩

독도獨島

동해東海 수평선 저 너머
떠오르는 태양이
갯바위의 알을 품고

가야금 12줄 퉁기듯
파도를 튕기며 날아오르는
갈매기 날개 사이 불쑥 솟아오른 섬

힘차게 펄럭이는 저 태극기처럼
수천 년 민족의 긍지로 지켜온 강토
우리나라 표지석이요 금수강산의 이정표

---

*독도는 세종실록 지리지 오십 페이지 셋째 줄에 기록된 우리 강토,
 자유 대한민국의 땅.

반딧불

운문산 생태공원
속삭이던 짝
무지개 너머
성운星雲으로
밝혀주는 밤

정 나누던 이야기
씨앗 되어
산자락 습지 역경 속에서

성장한 청춘
유월六月 저녁에
새 짝 찾아 오른 숲속은
밤하늘 밝혀주는 별 되어
사랑의 언어로 반짝반짝

겨울 노량진 수산시장

한강 물 바위처럼 깡깡
동트기 전 어시장 문
비릿한 냄새로 활짝 열리고

희미한 불빛에
눈빛은 반짝반짝
삶의 생기로 시끌벅적

번갯불에 콩 볶듯
드리미는 언 발이 초만원인 화롯불
이야기꽃 한가득 피우고

삼박자 커피 한잔 나누는 정情
쌓인 시름 눈처럼 녹여보는
보통 사람들 발걸음이 총총

개명

자유롭던 바다에서
낚싯줄에 포로 된 삼치
천일염으로 칼집 쓰라린 고통

연탄불 석쇠 위에서
업어치기로
몇 번을 뒤집히고

하얀 접시 위
살점은 점점 사라지고
이파리 떨어진 동짓달 나무처럼

앙상한 가지만 남아
이름마저 바뀌어
가시가 되었네.

인생은 몽당연필

살아온 인생
굵고 또 가늘게
썼는데 삐뚤빼뚤

그래도 열심히
바르게 내려썼는데
어찌 요래

공 드려 깎고
또 깎다 보니
어느 사이

짧아진
남은 인생人生
몽당연필 되었구려.

어부魚夫

몰아치는 한파
태산처럼 밀려오는 파도
가슴으로 막으며

삽바 싸움하는
씨름선수같이
당당한 불굴의 정신

비릿한 그물망처럼 끈질기게
도전하는 풍랑의 한복판에서
희망의 끈 꽉 움켜잡은 손

오늘도 팔순 훌쩍 넘긴 청년은
만선의 꿈 한 아름 담아
뱃고동 울리며 출발하는 구룡포구

쉼표

이번 방학
둘이서 떠나봅시다
손주들 뒷바라지 힘들었을 당신

뼈마디 마디 쑤시는
가정사
병풍처럼 접어두고

넓은 세상
바람 쐬며 훨훨 날아
떠나봅시다

이번 여행은 충전용으로
우리 생애生涯
오선지의 쉼표려니

우정友情 택배

고마운 마음을
항아리에 담아

그대 잠자리
베개 옆에 두고 가오.

마음을 녹여
햅쌀로 빚어 담았네만

잠 안 들으면
한 조롱박 자시구려.

友峰 송준호

· 충북 청주 출생, 평생교육사(산업교육부문)
· 忠肥, 한양화학, LG화학 한화중앙연구소, 한국FEC전무역임
· 심상문학등단(15.12), 심상문학 및 한국문협회원, 한국대경문학이사
· 제5회 토정백일장 차상, 제14회 한국강남문학상
· 시집:《버선발》외

제2부 너와 나는 서로 버팀목 해강 김한진

해강 김한진

동행

아름다운 숲길 잔잔한 호숫가라도
혼자서 걷다 보면
때로는 외로움이 밀려와
긴 상념에 빠져들 때도 있다.

두렵고 힘들 때 우연히 만난 말벗
정감 있는 얘기 나누며 걷다 보면
한없이 발걸음이 가벼워진다.

한 번도 가보지 않은 인생길
동행하며 힘들 때
말벗이 건네주는 천금 같은
말 한마디 따뜻한 위안이 되고

길 잃고 방황할 때 너와 내가
동행하는 소중한 말벗이 된다면
아무리 힘들고 어두운 인생길이라도
거뜬히 헤쳐나갈 수 있으리

* 학국시인협회 시화집(2024) 게재

인생 설계변경은 없다

빛나는 양옥집 지으려면 꼼꼼히
설계도를 화선지에 그리고

공사 중에도 문제가 있으면
설계를 변경한다.

인생 여정이라고 다를 바 없다.
다른 것이 있다면
인생 여정 포물선을 그린
설계도면이 따로 없다는 것

자신도 모르는 인생 설계
그것은 움직일 수 없는
타고난 운명
층층이 탑을 쌓다 마는 것

지나간 인생 여정 돌아보면
미완의 운명적인 삶
설계변경은 없었다.

* 2020년 8월호 심상 게재 시

너와 나는 서로 버팀목

서초대로 한복판에 홀로 서 있는
몸통이 기울어진
천년 묵은 늙은 향나무
강풍에 쓰러질라
통통한 버팀목 세워놓고

서리풀공원 새로 단장한다고 심어
애지중지 키우는 어린 소나무엔
솔바람에라도 부러질라
여린 버팀목 세워놓고
한껏 떠받치게 한다.

튼튼하다고 잘려 나간 낙엽송
한 몸 바쳐 살아있는 나무
버팀목 되어주는 슬기로운
너의 삶 너무나 좋아 보인다.

나무도 그러하듯 나 홀로
살아가기엔 너무나 힘든 세상

너는 나의 버팀목 되고
나는 너의 버팀목 되어주면

세상에 이보다 더 좋은 삶이
어디 있으랴.

---

* 한국문학인(한국문인협회): 2022 가을호 및 '현대시를 빛낸 300인'
원고

고개 숙인 자화상

가을 호숫가에 떨어져 서릿발 맞아
구멍이 숭숭 난 빨간 낙엽

이슬 먹고 취하기라도 했나
온종일 데굴데굴 구르며 한숨짓는다.

꿈같은 녹음 진 시절을 그리워하며
눈물까지 흘린다.

젊은 날 소망 이루려고 간절히
손과 발이 닳도록 처절하게
뛰어다녔던 삶의 현장
이젠 모두 접어버린 지금의 나

인생 3막 허기진 마음 채워보려고
허둥대는 내 모습
호숫가 이슬 먹은 낙엽 닮았다.

아득한 봄날 작은 욕망 갈구하던
눈 엽을 생각하며
발갛게 타들어 가는 자화상

시 한 수로 아름답게 마무리해 보려고
발버둥치는 내 모습
스산하기만 하다.

*한국문인협회시분과 시화집2024 " 詩의 四季" 게재

삶이 뭐 길래

온 누리가 푸른 오월이면
감꽃은 노랗게 피어나고
청보리도 고개 숙여 누렇게 익어간다.

떫은 땡감이 따가운 햇살 받아
노랗게 꽃단장할 때쯤
초록이던 벼 이삭도 누렇게 여물어간다.

바다 건너 서풍이 불어오는 날
누런 감잎은 낙엽이 되어
밭고랑에 떨어져 나뒹굴고
감나무엔 잘 익은 홍시만 주렁주렁

청보리 벼 이삭 감나무의 푸르름이
계절 따라 누렇게 변하는 것은
자연의 이치인걸

삶도 쪼개 놓고 보면
언제나 푸른 것은 아니고
노을 지면 황혼으로 넘어간다.

"떫은 감 따 먹어도 이승이 좋다"는
말도 있다시피

삶 그것이 뭐 길래 지나온 세월
할 수만 있다면
다시 한번 복기하고 싶어진다.

* 시집《삶이 뭐 길래》게재 시

어머니의 선물

기다리던 아들 낳고 백 일도 안 돼서
어찌 눈을 감았나요.
그때 이별이란 것도 모르면서
저는 배고파 너무 많이 울었어요.

65년 만에 이장한다고
파묘하면서 본 어머니 모습
금니는 그대로인데 유골은 한 줌
그때는 눈물도 안 나오더라고요

화장터로 가는 유골 상자에
들꽃 몇 송이 꺾어 넣었지요.

이제 생각해 보니 그 들꽃
제가 처음 어머니께 드리는
선물이었네요.
지금도 그 선물 보고 있겠지요.

어머니 울지는 마세요.
눈물은 선물이 아니니까요
저도 혼자 있을 때도
정말로 울지는 않아요.

어머니의 선물 요.
그거야 제 몸뚱이
세상에서 가장 큰 선물입니다.

작은 빅뱅의 연출

138억 년 전, 점 하나의 우연한 빅뱅으로
탄생한 미완의 경이로운 우주
언제 완성될지 아무도 모른다.

46억 전 생성된 지구의 밤하늘엔
별들의 불꽃 전쟁 때로는 하늘을 가르는
번갯불과 천둥소리

지상엔 뜬금없는 화산폭발처럼
일어나는 작은 빅뱅도
터키의 대지진 리비아 대홍수
하와이섬의 대형 산불
기상이변으로 인한 극지방에선 빙하 붕괴

참혹한 태풍과 허리케인같이
모든 거 삼켜버리는 블랙홀도

대자연의 극한적인 변화 속에서도
민족과 이념 충돌 독재자의 끝없는 야욕
핵폭탄 투하겠다고 덧칠하는 어리석은 인간도

진정한 우주의 작은 빅뱅을 연출하는
주인공은 누구란 말인가.

한탄강은 흐른다

나라를 바르게 세우겠다는 왕건의 거사에 밀려
궁예가 강 건너 드르니 들판으로 쫓겨나
눈물 흘리며 탄식했던 한탄강

강 한복판에 외로이 서 있는 고석정을
활차고 늠름하게 지켜주는 배포 큰 임꺽정
핑크빛 가우라 꽃이 밝은 미소로
반겨준다.

어쩌다 한눈팔다 남북으로 두 동강 난 땅덩이
하늘을 나는 제비와 기러기는 거침없이
휴전선을 자유롭게 넘나드는데

북녘땅에서 발원한 한탄강은 목청 높여
통곡하며 주상절리 천 길 낭떠러지에
겁도 없이 십리 길을 만들어 놓았다.

발갛게 익어가는 가을 보고 아쉬운 듯
주상절리 십리 길을 걸어보려고
구름처럼 밀려드는 유람객들

통일의 어려움을 몸소 체험이라도
해보겠다는 의지로
깎아지른 듯한 절벽에 동여맨 출렁다리 위를
엉거주춤 한발 한발 내디디며
마음 졸인다.

으스름달밤에 갈 곳 잃은 고양이 한 마리
눈앞에 보이는 잿빛 "철원 노동당사" 벽에
구멍이 숭숭 난 6·25 총탄 흔적이 두려운 듯

휴전선을 넘을까 말까 망설이는 모습
너무나 서글프다.
전쟁 참상의 비극적 현장을 보고
통곡하며 흐르는 한탄강

남북의 평화통일과 번영을 누릴
그날이 빨리 오길 재촉하며
동족의 아픈 상처를 지우려는 듯

서울 한복판을 가로지르는 한강 물과
사이좋게 합수하려 줄기차게
서해로 달려간다.

겨울 나그네

서풍 불면 왔다가 남풍 불면
가버리는 무정한 겨울 나그네

눈으로 볼 수도 없고 손으로
만질 수도 없지만
따스한 가슴으론 느낄 수 있지요.

좀 더 머물다 가시라고 매서운
눈보라 막아서서 손 비벼도
아랑곳하지 않던 겨울 나그네

눈물 먹은 나뭇가지에 새순이
돋아나고 꽃망울이 터질 때면
말벗인 양 세월마저 슬며시
데리고 가버려요.

허기진 내 마음

은빛 가을 호수에 머리 조아리며
첨벙첨벙 물질하는 어미 청둥오리
새끼오리들은 어미 입술만 쳐다본다.

마라톤 출발할 땐 여유를 부리다가도
반환점을 돌고 나면 눈을 부라리며
엄마젖 빨던 힘까지 보태 달려간다.

젊은 날 처절한 내 삶의 현장과 너무 닮았다.
변곡점도 결승선도 없는 인생길에서 앞만 보고
달리던 허기진 내 모습 목마름이고 간절함이었다.

삶의 모든 거 다 내려놓은 지금도 허기지고
무언가 부족한 듯 빈 허공에 대고 허우적거린다.

어젯밤엔 꿈속 거닐다 불현듯 깨어나
창밖 붉은 십자가를 바라보며 허기진 마음
메꿀 궁리에 빠져들기도

"명예나 양심 중 하나를 선택하라면 양심을
선택하겠다."라는 몽테뉴의 에세이 한 구절이
내 삶을 돌아보는 수필을 쓰게 하고

"간절할 때는. 등뼈에서 피리 소리가 난다."라는
신달자 시인이 시 한 구절이 허기진 내 마음보고
시 한 수를 더 쓰게 한다.

해강 김한진

- 제주 광양초교, 제일중, 부산동아고, 연세대정외과 서울대행정대학원
  행시 15회
- 해군 소위, 숭실대대학원 박사, 전)상공부이사관, 시인, 수필가,
  문학평론가
- 저서: 시집《삶이 뭐길래》 수필집《삶이 길목에서/백양로》
  《한국현대시를 빛낸 300인의 시인들》
- 한국문인협회, 한국시인협회, 한국사이버문인협회,
  한국디지털문인협회 회원

베스트시선 제1집

숲속의 울림

초판 발행   2024년 11월 1일

편 집 인
공동 저자   이춘희 양은숙 이정숙 손   형 김갑숙 황보혜
            박미욱 임송미 최병희 송준호 김한진
발 행 처   신록문인회

주   소   서울특별시 중구 창경궁로 1길 29
이 메 일   rossjw@hanmail.net
전   화   02)2272-9280
팩   스   02)2277-1350

 ISBN   978-89-5824-508-7 (03810)
 값 12,000원